レクイエム

深谷考
深谷悌子

青弓社

レクイエム　目次

装画——カバー表：小田正人「過ぎし日は光の中で」二〇〇七年
カバー裏：小田正人「白馬5月・フラワーアレンジメント」二〇一二年
装丁——斉藤よしのぶ

第1部

老耄《おいぼれ》呻吟集

深谷考

病床吟集

二〇一七年二月二十一日—

二月二十一日（火）

病院の　窓の彼方の　青い空
冬の梢の　ざわめく無音《むいん》

熱があって　喉がかわいて　お茶ばかり
いっときうるおうも　食欲はなし

二月二十二日（水）

このまま不意と　死んでもいいな
書きかけの　長篇作品　半ばなるも

二月二十三日（木）

夢の中で　ゆめをみている　夜の床
　ヒト・モノ・コトの　時空飛びゆく

朝早く　おきて缶コーヒー　買いにゆく
　広い病棟　４Ｆ↓２Ｆへ

この日より　野呂の歴史小説　再読始む
　メモをとりつつ　ていねいに精読《よ》む

二月二十四日（金）

サンドウィッチが　食べたくなって　売店へ
戻ると昼食　パンパンパンパン

〈「採血の結果よかった」「細菌性肺炎でしょう」　経過を見つつ〉

「来なくていい」　というのに　悌子来て「どう？」
銅も鋼もない　金銀ですらなく錆

二月二十五日（土）

あさひるばん　２００ｇの　白いめし
かたじけなくて　食欲もなし

二月二十六日（日）

夜が白む　タオルぬらして　くび・わき・また
ぬぐって着がえて　七日ぶりなり

らむ・あんと　二人の孫が　やってきた
病気のおかげ　めぐる歳月《としつき》

二月二十七日（月）

七日前　息も絶え絶え　病院へ
帰るさ　雨のしずく冷たき

二月二十八日（火）

午前四時　明かりをつけて　テーブルで
木村家のパン　ブラックコーヒー

ベッド下の　ゴミ箱のゴミ　ちょろりちょろ
はじめ山盛り　中パッパだった

三月一日（水）

去年今年《こぞことし》　つづけて春の　凶事《まがごと》か
入院椿事《ちんじ》も　ここまでにしたい

ピザチョコと　いちご大福もってきた
らむはまれびと　まれびとはらむ

三月二日（木）

三月に入った　二月は逃げた
Out of sight, out of mind

目ざめまで　オカムラサキの　夢みてた
胸倉つかんで　瞳をにらんで

三月三日（金）

日も月も　時は流れず　行く雲も
流れる水も　病院《ここ》にはあらず
飛花落葉　かけらもなくて　冬木立
晴天白空　そそり立つ

午前四時　起きて机に　端座して
一日二首の　駄作を吐く

けふもまた　ダイセンジガケ　ダラナヨサ
あすもダイセンジガケ　ダラナヨサ

三月四日（土）

二週間　ただ一滴の　酒もなし
点滴々々々々々々・・・

タバコなく　酒なくすごす　二週間
生涯二度の　ためしか珍々

富士山が　病院からも　見えるんだ
冬の朝《あした》の　西の彼方に

三月五日（日）

看護師の　仕事やあわれ　病者らの
嘆きわがまま　底無しの世話

北野くん、岡村、小玉、こころちゃん
みんな私の中の　流星群

三月六日（月）

夢の中で　父と母が　背を向けて
何かモノいう　何といいしか

囚われの　病者獄者も　同じこと
食べて糞して　ねてさめて

世の中は　きのうときょうとは　変わらずも
去年《こぞ》と今年《ことし》は　雲泥の差なり

三月七日（火）

なにゆえに　草冠に　母なるか
一期一会の　夢でもあるまいに

苺、苺、すっぱくあまい　そのかたち
あなたの乳首の　かたちのような

三月八日（水）

お世話になった　看護婦さんに　歌3つ
サッと渡して　ハイッさようなら

退院と　決れば病院《ここ》に　用は無し
とはいうものの　ベッドは親し

退院した、らむといっしょに　銀座へ出た
帝國ホテル　赤ワイン二杯

◎お世話になりました。　ありがとうございます。◎

看護師の仕事や尊き病者らの
　嘆きわがまま底無しの世話

二週間ただ一滴の酒もなし
　点滴（天敵）点滴々々々々

三月に入った　二月はにげた
Out of sight, out of mind

老耄しんぎん集1

二〇一七年三月十六日——　一念四百吟

三月十六日（木）

青空を　見上げて梅の　花や白

日を浴びて　光の中や　あらたふと

青く澄んで　風なき光の　暖々々

三月十七日（金）

肺炎を　患ってから　息が切れる
呼吸困難　こんなんのないぞ

坂道を　自転車ころがし　とぼとぼと
追い越してゆく　女子高校生

三月十八日（土）

食細し　ゆえにウンチも二日ぶり
うんうん唸って　なにッ糞ッ

三月十九日（日）

重いはずだよ　「かかと」とは　足に重《じゅう》
乾いて裂けて　イタイの何の

かさつく肌に　かゆみが走る　かかないで
メンソレータム　ＡＤクリーム

ギンザだギンザ　三丁目　グリルスイスは
カツカレーに牛カツの餐《さん》

三月二十日（月）

父《おや》と娘《こ》と　〝千べロ〟にあり　三時間
湯豆腐　浅蜊　牡蠣　蛍烏賊

三月二十一日（火）

病院で　待つこと久し　二時間余
コン・カンピューター　五分に満たず

三月二十二日（水）

ゆめの中に　宮沢りえが　登場す
背中を向けて　坂道を下る

三月二十三日（木）

この三日　髭を剃るのが　面倒に
入院中は　欠かさなかったのに

ひと月も　一本のタバコも吸わず
このまま無縁（無煙）と　なりにけるかな（⁉）

三月二十四日（金）

目がかゆい　耳もかゆい　鼻汁《はな》もでる
ああまた来た　春の花粉症

机上には　うぐいす豆の　一袋
オンザロックの　ウヰスキー　濃く

三月二十五日（土）

久しぶりに　生徒に授業を　するうちに
息切れがする　興奮ゆえか

三月二十六日（日）

雨の日に　傘さし　bag《バッグ》持て歩く
ただそれだけが　重労働なんだョ

一歩一歩　また一歩　遅々たる歩み
人はなんで　立って歩き出したのか

三月二十七日（月）

とりひきに　ショウガ　ニンジン　ゴボウ炒め
えのきしめじの　炊き込みごはん

三月二十八日（火）

「毎日」の　日曜書評の　豊かさに
アレコレ切り抜き　何度も読む

三月二十九日（水）

空と海　路地と坂道　画布に溢る
小田正人のポルトガル風景

絵の中に　光があふれ　風が吹く
青と黄と赤と白い壁と

八十を越えて　元気な老画家と
あしこし　うでくび　ガタガタのオーレ
（小田先生個展に、東京八重洲ギャラリー白百合）

エレベーターを降りるとき　目線にチラと
ペン画が。　おお！　杉山八郎さん
ところがペン画の主《ぬし》は　なんと息子の
浩一氏なり　懐旧豊潤
（八重洲ブックセンターで）

三月三十日（木）
回転寿司　ネギトロ巻き　六《むっ》つ切り
二合熱燗　いつもそれだけ

三月三十一日（金）

彌生《やよい》末世は　年度末　命《いのち》末
雨のふりしぶ桜（櫻）いまだし

四月一日（土）

「図書」と「波」　教文館でいただいて
読むもの多くて　原稿進まず

夜明け前　「英文解釈」に呻吟す
なぜか気になる　テストの夢が

「鳥ぎん」と「お多幸」　おでんをはしごする
W《ダブル》口福　W《ダブル》熱燗

久しぶりに　日動画廊の　地下による
鳥海　金山　梅原　海老原……

四月二日（日）

死者弔い　自由学園の生徒二、三
なぜいま夢に　現れるのだろう？

四月三日（月）

くりとも（栗原朋子）が　夢に出てきて　何かいう
追いかけてゆく　どこへゆくのか

四月四日（火）

文芸坐　香港電影　二本立て
カメラワークの超絶技巧
（「疾風スプリンター」「ドラゴン×マッハ」）

さくらさくらと　たれもいふのが　ふゆかいで
さくらくらさにらくさくらさく

四月五日（水）

本日は　終日家に　読み書きに
窓に一片　さくら花びら

四月六日（木）

『チア★ダン』の　すずのひかり（主人公名）の
その笑顔
ダンス、音楽、映像の華

『フラガール』レベルの高い映像は
アンチ・サクセスストーリィゆえだ
（『チア★ダン』VS×『フラガール』）

四月七日（金）

速水御舟　林武　加山又造
横山操　佐伯祐三
（横浜・そごう美術館「絵画の潮流」展）

四月八日（土）

またひとり　ナカムラユイの　面倒を
すべてお任せ　アウトプットも

四月九日（日）

花に嵐のたとえどおり雨おちて
桜花びら　地にちりぢりに

あづま橋　やぶそばオタク　つねどおり
つねどおりこそ　マジぐんばつやで

四月十日（月）

新学期　新入新人　新授業
考える授業って　何考える

四月十一日（火）

雨おちる　桜はなびら　舞いおちる
地面ちりしく　てんてんてんてんてん……

四月十二日（水）

良寛の　歌とも知らず　〝散る桜
残る桜も　散る桜〟　かな

十二日　いまだ花びら　燦々《さんさん》と
のこるもちるも　いまが時なり

四月十三日（木）

足の爪　四っつ目の爪　渦を巻き
切るに切られぬ　曲者《くせもの》ならんや
曲者《くせもの》を　切るに切れぬで　手古ずって
肉まで切って　血を流す　阿呆

四月十四日（金）

寿司食うて　瞬間下の　歯に痛み
よもや入れ歯にガタが来たのか

四月十五日（土）

午前中　五十四枚の　清書おえ
ぱっと家出て　映画見にゆく

四月十六日（日）

ひと月ぶり　一寸亭行く　〝町中華〟
ぎょうざしゅうまい　ちゃーはんの華

四月十七日（月）

夕さりて　雨のしぶいて　嵐ふく
桜葉ざくらゆれにゆれるや

四月十八日（火）

さくらくき（茎）　地に散り敷いて　あまたたり
はや葉ざくらの　緑の光る

四月十九日（水）

天然のぶり（鰤）の刺身のぷりぷり感
三州屋って「さしみだねぇ」と

てのひらが　前より熱く　しびれてる
ような気がして不安がよぎる

四月二十日（木）

ズボン下を　ある日ある時　ぬぎすてた
四月九日　浅草のとき

四月二十一日（金）

朝と夜と　ひたすら原稿に　向う日々
窮屈になり「いこい」へ走る
（いこいは赤羽の立ち飲み店）

四月二十二日（土）

春の雨　寒さつめたく　もどり寒《かん》
傘して自転車に乗る　ヒヤヒヤ感《かん》

四月二十三日（日）

左手で　シャツのボタン（釦）が　はめられぬ
二度あきらめ　三度目の正直

ちらし寿司　アスパラ肉巻き　ポテサラと
チーズもビールも　赤ワインも

本日は　おひがらもよく　ベランダで
陽光《ひかり》いっぱい　娘夫婦と

５０３《ゴーマルサン》から　眺める向うに　横浜の
ランドマークに　タワーマンション

（らむのうちにて　次の日、お礼三吟として㊦）

四月二十四日（月）

退院後　はじめて食す　チーズバーガー
年に一度の　昼めし代り

オナラがね　空《から》のオナラが　何度もね
プスーッ　ブスーッ　と空砲放つ

四月二十五日（火）

パンにトマト　玉ネギピーマン　うす切りを
とろけるチーズのせて　はいトースト

朝早く　机に向かう　考える
次章の中身を　いかんとすと

四月二十六日（水）

珍しく　『キトラ・ボックス』に　ハマってる
池澤の考古学ミステリに

四月二十七日（木）

長篇《『キトラボックス』》を　よむため電車乗り
行きつ戻りつ　行きつ戻りつ

四月二十八日（金）

道の辺《べ》の　民家の鉄線　咲きにけり
まるでパラボラアンテナみたい

四月二十九日（土）

きょう二回　階段下りる　膝カクン
力がぬけて　くずおれそうに

四月三十日（日）

学園の　女子部のレシピ　本になる
らむに手渡す　スイスグリルで

五月一日（月）

梅の木に　梅の実のなる　つぶつぶと
地にもごつごつ　梅の実の散る

五月二日（火）

梅原氏の『親鸞伝』が文庫に
入る迷わず　求めてすぐ読む

五月三日（水）

朝から『親鸞「四つの謎」を解く』
を読み出して　途中やめられぬほど
机の前に　長澤まさみの切りぬきを
おいて眺める　少女を想起《おも》い

五月四日（木）

今朝《けさ》もまた　早起きをして　ピザトースト
クセになりそう　赤ワインもね

五月五日（金）

飲みながら　読みかつ書くを　日課とす
これが最後の　著作かと思ひ

五月五日　みどり葉桜　はや立夏
開《あ》けた窓辺に　あふるる光

五月六日（土）

キムタクの　『無限の住人』　大迫力
死ねぬ不幸と　死ねる幸福

丸の内　ピカデリーの　大スクリーン
文芸坐の　一・五倍も

五月七日（日）

夕方に　雷鳴轟く　須臾刹那《しゅゆせつな》
沛然《はいぜん》たる　豪雨の劇《ドラマ》

新宿は　中村屋の　印度カリー
三階サロンに　中村彝《つね》の絵

五月八日（月）

久しぶりに　中村唯と　すごす一時《いっとき》
映画の話に　かがやく（？）ひとみ

五月九日（火）

朝早く　東京病院　レントゲン
〝いこい〟へ飛んで　〝ゴールデン〟一杯

北中さんアート志望の女の子
「たくさんの絵を見て　マネて描《か》け」と

五月十日（水）

ランチョンの　硝子窓から　眺めわたす
雨の神保町の　人の少なき

生ビール　ハヤシライスに　キャベツはさみ煮
味づつみ　百年ランチョン

五月十一日（木）

食事らしい　食事もせずに　一日が
二食に満たず　酒のみふえる

五月十二日（金）

フランシス・コッポラ　『地獄の黙示録』（一九七九）
『イージー・ライダー』（一九六九）　デニズ・ホッパー
早稲田松竹　二本のクラシックス
一九七〇年代　アメリカの光と影

五月十三日（土）

珍しく　雨のしぶく日　バス出勤
雨後の帰宅も　タクシーたよる

雨が降ると　靴に水染む　じゅくじゅくと
これがホントに　クツー　身に染む

五月十四日（日）

十章まで　三百二十五枚　積み上げる
目次つくると　全体が見える

五月十五日（月）

『湯を沸かすほどの熱い愛』りえ、本木
『永い言い訳』　愛はあと曳く

五月十六日（火）

あたたかい　坂道のぼる　コートぬぐ
と、　天道虫　てんへはずんだ

五月十七日（水）

ウヰスキーを　ちびるついでに　一個だけ
苦くて甘い　ブラックチョコを

青弓社へ　原稿百枚　持参する
かえりは「いこい」で　ひとり打ち上げ

五月十八日（木）

牛肉の　切り落とし三百グラム
玉ネギ赤ワインの　牛丼だ！

五月十九日（金）

切り通し　急坂上る　いっときは
息切れはげし　青息吐息

五月二十日（土）

『落城記』　合戦までの城内の
下女の　厨《くりや》の　足軽の　音

五月二十一日（日）

百吟も　かさねてみれば　何のその
けふは夏日の　〝小満〟なりき

五月二十二日（月）

歯が抜けた　六十七年つれそった
あっけないほど　ポロリと抜けた

五月二十三日（火）

長篇『落城記』を　メモをとりつつ　読了す
亡びゆく者たちの　覚悟を

五月二十四日（水）

映画『事件』　法廷ドラマの　傑作だ
少年の殺意を　めぐる応酬が
検察と　弁護側とのヤリトリが
証言者のことばをめぐって
（映画　一九七八年　監督・野村芳太郎　原作・大岡昇平）

五月二十五日（木）

「野の花は風と雨で育つ」という
いいちこの写真　台詞がいいネ

五月二十六日（金）

梶芽衣子と　渡瀬コンビの逃避行
追撃躱《かわ》すも　故郷に死す
（一九七四年『ジーンズブルース・明日なき無頼派』監／脚・中島貞夫）

五月二十七日（土）

上智大の小論文を　生徒《とも》に書く
漱石の「自己本位」をめぐって

五月二十八日（日）

切ろう切ると思いつつ　切る機会《とき》がない
巻貝の如きや　足の爪

山田洋次　『家族はつらいよ』２《ツー》を見る
喜怒哀楽の　すべてがあった

五月二十九日（月）

LAND OF MINE《『ヒトラーの忘れもの』》　ナチの地雷の撤去を
独少年兵がする震撼
（二〇一五年『ヒトラーの忘れもの』）

五月三十日（火）

歯がぬけて　さらに食欲がなくなって
酒のみくらって　痩せてゆく我鬼

五月三十一日（水）

郷里より　佐藤先生　死すの報
八十九歳　素顔がうかぶ

二年前　友の車でたずねたり
拙著を渡す　ひたと見送らる

郷里《ふるさと》へ帰ると　先生宅へよる
のんで酔って　自転車でこけた

六月一日（木）

ひとが死ぬと　何で悲しむのかと問う
　本人ではないからと警句

六月二日（金）

ああ先生も　ついに蠟細工のように成り果てた
　花埋みの中

葬儀後に　駅で電車を　待つときに
　遅延の報　風が強かった

六月三日（土）

ようやく　ステンレストレイ手にす
ペン皿である　机上おちつく

六月四日（日）

ぬけた歯を　トレイにおいて　眺めやる
希臘彫刻の　破片のごと

六月五日（月）

指を切る　パンナイフで　指の先を
あふるる赤い血が　とどまらぬ

六月六日（火）

明治の文人を描く『書楼弔《とむらい》堂』
の世界がおもしろい
階段を　のぼると数えるクセがつく
エレベーターも　乗るクセがつく

六月七日（水）

川島から　みる筑波山の　M形
みごと絵になる　記憶にのこる

六月八日（木）

ぜいぜいと　喉がなるのよ　市県民
固定資産に　健保の税が

水曜日　冷凍食品　半額日
氷塊《アイス》二個　ウヰスキー用

六月九日（金）

「——道元」の原稿の　空白の夢
えんえんとつづく　廃屋の夢

超版画　横尾ジャングル　出現す
桃《ピンク》　赤《レッド》青《ブルー》のコラージュ世界

ポスターか　Ｈａｎｇａかシルクスクリーン
異種混合の　コラージュの奇
（町田へ）

六月十日（土）

食べること　食べてもうまいと感じない
痩せ果て　歩くのがようやっと

六月十一日（日）

反対に　女房ひとりでごはんめし
よくも食らうに　なぜか痩せぎす

六月十二日（月）

『上意討ち』　藩主の非道理不尽に
忠義者の　怒りと抵抗
一九六七（五十年前）　小林正樹の最高傑作
美と悲の極み
（音楽・武満徹、三船、仲代、司、加藤、映像・カメラがいい　会津城が）

六月十三日（火）

雨が降る　停留場《バスストップ》で　バスを待つ
いまかいまかと時が過ぎゆく

六月十四日（水）

朝と夜　原稿書いて　昼にねる
余命少なし　「書く」　ことをのみ

六月十五日（木）

東上線　人身事故で動かない
ムサシノ　ナンブ　迂回してゆく

六月十六日（金）

指先の　切り傷癒えて　新しい
ぴんくの肉の　指を凝視する

六月十七日（土）

梅雨《つゆ》なのに　晴れ間のつづく　この三日
サッカー少年たちの声声

六月十八日（日）

先だって　静岡の村松氏より
新茶贈らる　愛読者なり

六月十九日（月）

『ＴＡＰ』観る　水谷豊監督の
タップダンスの　魅力圧巻

タップダンスで　春夏秋冬踊る
映像・音楽　みごとなコラボ

六月二十日（火）

垂直に　すっくと立って小紫
アフリカン・リリィの凛凛《りり》しさよ（ホントは濃《こ》紫）

六月二十一日（水）

「五味」という　高一の女子に五味とは？
あま　しおからに　さん　から　にが味

六月二十二日（木）

ジャコメッティの歩く人は　われなりや
痩せ細って　なぜかくあらむや

ボールペンのブルーの芯の六本を
池袋のＩｔｏｙａで見つく

六月二十三日（金）

『TAP』二度見た　吸い込まれた
タップダンスの瞬くまにまに

「豊かですね」とおばさんに声をかけ
「いや、雨なくてキュウリさえない」
（近くの農家で）

六月二十四日（土）

ものを書き　歌を詠むのに　何回も
毎日辞書を　引かぬ日はなし

六月二十五日（日）

雨もよい　間をぬって　コンビニへ
「毎日」「日経」三百円也

六月二十六日（月）

坂道を　階段をのぼるに　息が切れ
はあはあは　あはあはあ……

老耄呻吟抄2

――二〇一七年六月二十七日――

六月二十七日（火）

「檬果」（？）　文字　いいちこ　ポスター駅にあり
近寄って見る　「檬果《マンゴー》」　数多《あまた》

むらさきの　ミニラッパを　毬《まり》のごとく
垂直に立つ　アフリカンリリー

六月二十八日（水）

もうそんなにもたないのではないかと
からだのおとろえをひしとかんず

六月二十九日（木）

木曜日　再び電車不通ときた！
公衆電話を探してtel

六月三十日（金）

己が花《か》の重さに耐えかね身を屈す
雨をうけてる　紫陽《あぢさい》の花

雨うけて　いよよますますあざやかに
あを　もも　むらさきの　あぢさい花《か》

七月一日（土）

久しぶりに　本を買った　随筆集《エッセイ》
安岡本の『雁行集』なる

七月二日（日）

らむに tel 明日はギンザで映画見る
『ＴＡＰ』はいいいぞ　ぼくは三度目（七月一日）

九時前に　ＴＯＨＯシネマで待ち合わす
らむに『ＴＡＰ』をぜひに見せたく

タップダンスと音楽と　映像の
三つのコラボのダイナミズム

いつまでも　余韻ののこる『ＴＡＰ』映画
たっぷり　ダンス　リズムが冴えて

七月三日（月）

月いちど　「ソバキチ」による。おろしそば
日本酒「麓井《ふもとゐ》」　ゆっくりのむ

七月四日（火）

長篇の　十一章がまとまった
三十八枚　歴史について

七月五日（水）

散髪の日を選ぶことむずかしき
いつもゆける　いつもゆけない

七月六日（木）

つれづれに　老いを歌へば老いやなる？
日々《ひび》の日々《ひび》こそ　いみじかりけれ

日々《いま》の日々《いま》こそ

七月七日（金）

C. Eastwood の映画　二本見る

『トゥルー・クライム』『ブラッド・ワーク』

七月八日（土）

電燈《スタンド》が　ふとかき消ゆる　命消ゆるも

かくさりげなくあらむやは

S曰く　〝深谷マジック〟働いた、と

生徒のやる気と成績に

七月九日（日）

あちこちに　のうぜんかづらの朱《あか》いはな
夏をいろどるここよとばかりに　（凌霄花）

七月十日（月）

イーストウッドの映画つづけて見る
老いても戦う　〝娘を思う〟

七月十一日（火）

すでに死へ　カウントダウンは始った
向う三年　両隣？して

いつまでもあると思うな　てめえの生
金も女房もアテにはせぬ

七月十二日（水）

四度見た『ＴＡＰ』になぜにひかれるか
タップダンスの向こうにあるもの

七月十三日（木）

ももいろの　小花　ゆれてるさるすべり
夏百日　紅《ももいろ》たらんや

七月十四日（金）

痩せちゃった　手甲山脈　骨と血の
管《くだ》のみゃくみゃく　あらわなりけり

痩せちゃった　肋骨下の胃と腸が
くの字にへこみへのへのもへじ

七月十五日（土）

衰えを　ひしと感ずる　坂道が階段が
だんだん怖くなる

七月十六日（日）

「哀」しみに　一本棒が　「哀」える
一本棒とは　一体何か？

葬式無用　墓無用　著書即遺書
且遺言ならざるはなし

七月十七日（月）

み～んみん　その第一聲を　耳にする
朝まだき　雑木林の蝉

夏期講習　今日は二コマ　「小論文」
美帆《みほ》と一緒に　慶應（文）の問を

七月十八日（火）

『TAP』見たと　ミホがいう　おばあちゃんと
先生《せんせ》から聴いた　二日後に

おばあちゃん　泣いていた　フィナーレの
タップダンスの連続ワザに、　とミホが

七月十九日（水）
全自動の　洗濯機の　脱水が
きかないときがある、疲れたか

七月二十日（木）
バスで行き　バスで帰る　今日一日
坂道と階段がどうにも

七月二十一日（金）
『シン・ゴジラ』　六十年前の旧『ゴジラ』
ＣＧリアルと　ミニチュア特撮

『シン・ゴジラ』　政治はどう対応した
　トップはアホでも脇の知恵者

七月二十二日（土）

（余駄吟）　青い空　緑の樹木　のびる蔓
光あふるる　老耄《おいぼれ》の夏

病床吟集3

二〇一七年七月二十四日—

七月二十四日（月）

ガリガリの　体重はかる　四十二（・一九五）K《キロ》
〝死にゆくかくご〟　ありやなしや

肺炎でなく　縦隔気腫なる　新事実
CTスキャン　肺の断層

三度目の　入院となる　ナサケなさ
ゲロゲロじいさんと　二人部屋

七月二十五日（火）

体力を　つけるために　我慢して食べる
ハンペン甘煮　うすいみそ汁

パスタが喉を　通らない　腹減らず
アスパラサラダ　ヤサイジュース

「安静に」　とはいうものの　缶コーヒーを
夜明け前に　買いにゆく　移動

本日は　土用丑の日　鰻くん
　ギョギョ病院で　オレが出るとは

七月二十六日（水）

ムリをして　食べたおかげで　胃が重い
　小食のみで　痩せがまんよし

たんたんたんたんと　たんがでる　たんがでる
　たんなるたんが　たんたんたんと

七月二十七日（木）

隣のじいさん　深夜にくどくどべらべら
「うるせっ！　だまっとれっ！」

二人部屋から四人部屋へ移動する
窓際景観　眺望広く

七月二十八日（金）

朝四時三〇　カーテンあけても　まだ暗い
缶コーヒー飲み　駄歌を考える

全二十六章（千百三十枚）の　大長篇　十九まで読む
メモをとりつつ　鳥の目　虫の目

七月二十九日（土）

らむが来た　「大納言」と「大福豆《おおふくまめ》」が
福豆一つ　冷茶を喫す

点滴は　つゆのいのちの　ひとしづく
ぽたぽたぽたと　ただおつるのみ

七月三十日（日）

夏なのに　くもり空から　雨が落ち
風が立って　みどり葉がゆれる

「点滴はね、三秒に二つ、百㎖を六十分かけ
静脈に入れるの」
（看護士のことばがそのまま歌に）

七月三十一日（月）

瓜二つ　永六輔と娘チエ　深谷考とらむ
父娘《おやこ》「やだーッ」

朝早く　らむの持参の　スヰーツを
モモにメロンに　グレープフルーツ

痰痰痰と　痰がでる　「疒」に「炎」
の痰が　痰痰痰　と
（七月二十六日の短歌を改めた）

蜩が　カナカナカナカナと　鳴いている
たそがれどきの　窓の向こうで

八月一日（火）

ちょっとだけ　歩いただけで　息が切れる
これじゃ怪談　階段恐ろし

ノドをモノが通らぬと　悌子いう
世の中も　スジが通らぬとこ

八月二日（水）

青い朝　風のない朝　みどり朝
日ののぼる朝　ほんものの夏

くもの形　パンダだ　リュウだ　じいさんだ
　そしてオレにもね

病院の　シャワーを浴びる　十日ぶり
あぶらやあかが　とれてゆくかんじ

八月三日（木）

栗とも（栗原とも子）が　夢の中で生物を
勉強してる　「やめよ！」　演劇へ

夢を見る　夢の方が　ナマナマしい
心の奥の　氷山の一角

八月四日（金）

書き出すと　思考がふくらむ　ことばが生れる
より深味へと　辿りつく

暗い寝床の中で　天井を見つつ
考えを　追いかけてゆく
（「丘の火」をめぐって）

こんんどの本は　遺著になろう　五人の作家、まんが家
画廊主を書く
たった九冊　三（〜四）年で一冊のペースで
長篇の作家論を
若くて美しい　看護婦さんステキ
気配り神経　ああ大変!!

十二日ぶりに仕事す　小論文
高三女子が「世界」の謎に
一日の　労苦は一日にて足れり
酒なくて何の楽しみやらん

八月五日（土）

われこそは　十一月生れ　寅年　Ｂ型
サソリ座の男

入院すれば　退院がある
生れたからには　死なねばならぬのォ

帝国ホテルで　四人《かぞく》が揃う
らむあんり悌子に　老耄孝

ビールにウィンナソーセージがよくあう
赤ワインボトル　一本空《あ》けた

八月六日（日）

すぐそこの　コンビニ遠し　「日経」と「毎日」を買う
息切れひどし

八月七日（月）

台風の　余波で深夜もねぐるしく
団扇をたたく　むしむしが

八月八日（火）

ビールもすしも　うまくない　何を食べても
うまくない　終わりだこりゃ

ようようと　やっとの思いで　仕事場へ
この夏が　終わりへのはじまり

八月九日（水）

鏡には　ふと己が顔《か》が　骸《むくろ》のごとく
思想が死相に変じる

八月十日（木）

打って変わるとは昨日と今日のよう
昨日の猛暑　今日の秋風

昼方の　蟬の時雨の　かまびすしく
一転夕のひぐらしの聲

八月十一日（木）

終日家に　本よみ酒のみ　メモ作り
気づきの言葉もメモに

八月十二日（土）

久しぶり　鯖すし食らう　ありがたき
生姜大葉の　〆めや　よきかな

八月十三日（日）

うちつづく　蜩の合唱　夕まぐれ
おーしん　つくつく　つくつく法師

八月十四日（月）

朝夕の　雨もよい　これって冷夏か
盆らしくない　かつてない夏

半月かけて　長篇の部分（戦記）の再読
完了す　下書きに入る

八月十五日（火）

蟬も魂消た　前代未聞　八月十五日
篠つく雨の終戦日

八月十六日（水）

ウヰンナを　ボイルして嚙む　ジューシーさ
塩と胡椒の肉汁やよき

八月十七日（木）

「ソバキチ」のそばが全部食べきれない
まことに食　細くなりにけり

八月十八日（金）

女房の　グチとイライラ　夫ヒナン
耳を劈く　轟音なりき

八月十九日（土）

「いらっしゃいまし」　はじめて入る「二葉鮨」
江戸の言葉の　歯切れよきかな

すし屋台の　名残りとどめる　店構え
ある短篇と　ふかい縁《えにし》が

小鰭《こはだ》から　鉄火中トロ　あじあなご
　賀茂鶴酒に玉《ぎょく》で締めたり

丸いひのゝきのカウンター　黒いウルシの
　台にのる　すしは美である

八月二十日（日）

お猪口を口に近づける　ふとそこ（底）に
　光るものあり　ぐっと呑みこむ

八月二十一日（月）

窓の向こうに東北新幹線が上り下る
乗ることのない——

今月は　七年ぶりに　定期（券）をもとめず
PASMOに現金投ず

八月二十二日（火）

仰向けに　六つの脚を屈曲し
階段下に横たわる蟬

（番外）　蟬のなきがら　仰向けにみなしんと

八月二十三日（水）

考えるとは何か、の基本を教える
でも　もとはね、passion だよ

八月二十四日（木）

ほんの少し　下書きすすむ　半日が
あれば生きてる　生きてる証し

八月二十五日（金）

しっとりと　こくある黄味のカステーラ
文明堂とウヰスキー　合う

夜十時　ひとりみんみん蟬が鳴いている
おまえはまだ　愛をえぬか

八月二十六日（土）

おしおしおしいも　おしいとお〜しんつくつく
くどいぜおまえ

八月二十七日（日）

蜻蛉一羽　路上に下りる
蟷螂の斧の如く　眼《まなこ》ピクピク

葱《ねぎ》いっぱいの豆腐に皮蛋《ピータン》、大焼売《しゅうまい》
水餃子《ぎょうざ》と半炒飯《ちゃーはん》　　――一寸亭で

八月二十八日（月）

山桜をおうばかりに蔓草の
蔓這い伸びて　鬱蒼となす

おばあさんより手紙いただく孫のこと
拙著をおもしろく読んだとのこと

八月二十九日（火）

らむが来た　いっぱい世話をしてくれた
らむは秘蔵っ子　自慢の子なり

オレンジピールって知ってる？　細い皮に
チョコレートをまぶした逸品

八月三十日（水）

小論を　四度書き直させて　かたちを決める
書くとは何か　分る？　――みほ

八月三十一日（木）

ハンバーグをおいしくつくる　コツひみつ
ゴボウのみじんを入れるんだなァ

九月一日（金）

コンビニにウヰスキーを四本注文す
配達もおねがいしてる

九月二日（土）

四階の　五十三段上るとき
地獄の苦しみ　誰《たれ》や知る

九月三日（日）

「テラス日和ね」　らむがいう　そう空は
秋空　うろこ雲流れる

丸ビルの　上から駅を下に見る
ビール片手にテラス日和だ

九月四日（月）

原稿用紙に向かっていると　いたずらに
指先の爪が気になる

さくら寿司　「いつもの」いえばでてくる
鉄火巻き四つ切り　ビールとしじみ

九月五日（火）

「蜆《しじみ》」と「硯《すずり》」何もかもがちがうのに
なぜか似ている虫を見、石を見

九月六日（水）

ピアノひきとり業者来て　アプライト（サイレント）
　九万円でひきとってゆく

次はグランドピアノだ　ただしかし　厖大な
　本を出さねば出ない

九月七日（木）

陽がさしたと思うとすぐくもり雨
　蟬のなかない九月があったか

九月八日（金）

頭髪《かみのけ》と髭《ひげ》と爪とは伸びるのに
食欲体力が伸びないのだ

九月九日（土）

十時半すぎ　さくら寿司でまずビール
いつもの鉄火　いわしに赤身

夜はみほの小論付き合う
多少マシな文章（作品）あるもアヤウシ

九月十日（日）

「一寸亭」月に一度は食べにゆく
隣の客に〝味力〟教える

九月十一日（月）

終日家で　うつらうつら気を奮い起して
机に向かう「書く」

九月十二日（火）

乗らなくなった自転車が　雨に打たれてる
ゆるせ　老いぼれわが身を

採血ＣＴレントゲン右肺萎縮
いやはや　やれやれ　よれよれ

九月十三日（水）

あらたふと生まれた以上は死なねばならぬ
死ぬのもくろうするわい

九月十四日（木）

いつまでも　のぜんかづらの　花が咲く
もう夏はおわっているのに

「関ケ原」は　さかしまに生きる三成
を描いたものか　負けて勝つ

九月十五日（金）

ひとり酒　そのうち中年男女と話すうち
肝胆　邯鄲夢《カンタンム》　——三州屋にて

九月十六日（土）

おいぼれぶりを　これみよがしに　見せつけて
しまった！　武蔵小金井駅

駅頭でしゃがんでいるとあんり来て
四人がおいぼれを囲んでた

中華料理を七人で囲む　えびあわび
くらげトリ牛ヤサイも

孫兄の　ごきげんナナメ　なぜやらん？
幼な子なりの　わだかまりかな?!

九月十七日（日）

歌を作るのを忘れるほどに原稿に
気が入っていた　雨の日

九月十八日（月）

台風一過　とつぜん　夏が　まいもどる
まっ青な空　白い風立つ

九月十九日（火）

食べないと　何をするのも　億劫で
力も出ない　ただねるばかり

痩せこけて　骨皮筋衛門となりにけり
胸腹　とうにぺしゃんこ

何か足らないブラックの　ユーモアと遊び
なにしろぐずマジメでね

九月二十日（水）

ついに来た　〝断捨離〟のため古書店主
ン千冊の本を持ち去った

机まわりが　がらんどう　さっきまで
　あった本がきれいさっぱり無《む》
たった一つ　残したものは　「阿部昭」
　二種の全集、ぼくの原点
出した「全集」　幸田文、永井龍男、
　三浦哲郎、車谷長吉……

九月二十一日（木）

『家族はつらいよ』　を見て思う
アタリマエはアタリマエでない
映画を見ると考えるヒント得る
俳優と役者のちがいも

九月二十二日（金）

昨日《きのう》見た　映画が　後を曳《ひ》く
手帳にメモが　わんさと　ふえて止まぬ

九月二十三日（土）

橋爪が　不協和音の体現者
家族みんなが　翻弄される

俳優と　役者を分かつ一点は
役になりきって　遊びがある

「うるさい」「だまれ」「以上」　それで事足る
昭和おやじの　小心頑固

みんなやさしく　人がいい　いいたい放題
けんかのもとは　ご老人

そんな老人も　いなくなったいまは
年金だよりの　ケチな老人《おいぼれ》

九月二十四日（日）

蒼井優の　しっかり者《モン》の　看護師が
いざというとき　キリッとしめる

山の上ホテルの天ぷら舌づつみ
ほくほく　さくさく　淡々

九月二十五日（月）

長篇が　いよいよ終盤　四百枚
全十二章の　流れやいかん

九月二十六日（火）

十四の女子《じょし》に気の伝えができているか
その目と声とうなづきに

九月二十七日（水）

率直で　飾り気がなく　歯切れよい
そういう女人の　風貌やよし
（中村唯の美しい母）

九月二十八日（木）

ふとみれば　己がお腹《なか》は〝ベニヤ板〟
パンツのゴムが〝困っちゃうなぁ〟

丸三年　かからず　四百十一枚
病気入院　原稿加速

九月二十九日（金）

目次を作る　よくぞ書いたと　われながら
これでいいのか　迷い中

仰向けに　天井を見て　考える
ことば追いかけ　イメージさぐる

九月三十日（土）

最後の晩餐を　ばあさんとそばに
久しぶりなる　浅草のやぶ

ラジオで聴いた　選挙で勝つに
カンバンジバンカバンの三バン

十月一日（日）

さんまさんまさんま　刺身にさんま焼き
年に一度の　さんまさばきや

十月二日（月）

水道橋駅のフォームはひたすら長い
トボトボ歩く人は誰《たれ》？

誰《たれ》も知らない水道橋駅のフォームを
トボトボゆく老人を

病床吟集4

二〇一七年十月三日—二〇一八年二月十八日

十月三日（火）

大根を　お米とぎじるでゆでた
澄んだ大根おでんの秋

救急搬送　他人《ひと》ごとでなく
深夜の車内の　せまい天井

大声興奮　胸を圧迫か
胸腔穿刺　空気抜く

十月四日（水）

みほ　合格の報あり　責任果せて
一安心　グッドラック

夕らむがくる　必要なモノをムダなく
そろえてくれる　気働らき

十月五日（木）

胸にズブリの穴あけ激痛
肺の空気をぬく処置も　　——十月三日深夜

寒くなる　窓の向う　羊雲
むくむくむく　並んで流れる

十月六日（金）

熱い蒸しタオルで　軀をふいてくれる
小太り　ルノアールおばさん

半睡半醒　ゆめかうつつか　こんがらがって
ねざめても　ゆめの中

十月七日（土）

「肺の患者さん、みな太れないのよねぇ」
　看護師さんが　さりげなく

太っ腹も　慈母も　菩薩も　マラさんも
みんないる天国と地獄

十月八日（日）

野呂逝くや　戦後は遠く　なるばかり
　ただ無常の　風が吹くばかり

十月九日（月）

重いはずだよ　人間の　頭は五kg
「あきたこまち」一袋分

（十月八日昼）　昼ごはん　コロッケ　アジフライに
ヤサイサラダ　もう夜はいらない

十月十日（火）

「これどうぞ」　きのう洗髪の看護婦さんに
きむらやのあんパン一個

あさ一番　悌子来ていう「産まれたよ」
あんり里花の三番目の男《だん》

十月十一日（水）

００７孫の生まれし時という
では深谷「大七《おおな》」と名付けよう

コーヒーと　うぐいすパンを口にする
外はもやかすみの秋の朝

十月十二日（木）

息切れの　大声つづき　セキ、タンも
合わせてオナラの音も　堂々と

眠れずに　睡眠薬を一粒
すぐに熟睡　夢の中

十月十三日（金）

病院で　散髪をする　午後の雨
しとしとしとと　音もなくふる

・秋の日の　無常のかぜのしむ身かな

・いつまでも　同じことはつづかない
つねの変化を無常といふらむ

・生き死にも　大いなる河のひとしずく
生れては消え、消えては生まる

十月十四日（土）

ねこでもないのに　ねころんで　ねこのように
ねてばかりいる　われはねこ
「あとがき」を　書いて送る　病床では
次を考えるのみ

十月十五日（日）

髪は切る、爪も切る、ヒゲはそる、だけ
いっそ切ろうか　己が生命《いのち》も

十月十六日（月）

晩年に　かくも入院生活が　待っていようとは
冬の雨

夜はナシ　睡眠薬はツウランク
雑然断ちて　ぐっすりねたい

チーズミニセットが　気が利いている
いいとこどりを　ほんのちょっと　ね

十月十七日（火）

個食（チーズ）パックをらむ持参　入院者への
ミニプレゼントに　打ってつけ

十月十八日（水）

二者択一を　迫られる　あれかこれか　一か八か
手術か現状維持か

缶コーヒー　缶がもぎれず　看護婦さんに
なんなくもぎれる　看の缶

みほよりの手紙　ありきたりだが
感謝されるのはうれしい

天井の　ただ一点を眺めつつ
漠々と　漠々と　病い床

十月十九日（木）

（十月十八日）　久しぶりに窓いっぱいの光あふれ
ぽかぽか　とろける　冬日和

十月二十日（金）

〃手術《やる》〃　と決まると　すべてがそれに向けて
動き出す　冬の雨　やまない

「自転車のパンク修理とほぼ同じ、
肺の穴を　さがしてふさぐの」

医師は　同症例経験ずみも　こっちは未体験ゾーン
〃先生と生徒〃　もかくのごとくか　既知と未知

十月二十一日（土）

われは工場《ファクトリー》、倉庫《ガレージ》にあらず
ことばが生命《いのち》吐きつづけること

十月二十二日（日）

明日は台風　午前は手術　内鬱外患
これぞこの世ならん

十月二十四日（火）

手術あとの　地獄の苦しみ
かわきと残尿感と　ねむれなさと
（四十三・〇九kg）

手術後の　新人看護師のたどたどしさに
不安がつのるずーと

かんごしにも　じつにさまざまいる
ほっとするひと　不安をちらすひと

点滴も　天敵に見えてくる
クダ・針からぽたぽたぽた

十月二十六日（木）

アタリマエ　〝ダイセンジガケダラナヨサ〟
みんな知ってて　忘れてること

十月二十七日（金）

口がかわく　残尿感つづく
そのまま時が流れない――「死にたいッ！」〈手術後〉

十月二十八日（土）

「死にたいっ！」と本気で思う日をもった
右も左も　うごけぬ身体《からだ》で　〈ＩＣＵ〉
らむが来た　ヤス子あんりも来た。
死《し》人いや四人《よにん》まだ（バンザーイ！）
シンプルな　ポテサラ《もの》ほどむつかしい
自分に合って　他人《ひと》にも合うなんて

十月二十九日（日）

『単純な生活』のタイトルが　イロニイだ
ってこと知ってますよね
気づいたら　死の舟に　乗っていた
とってもはやい　高速船のようだ
死の舟は　見えないから困る
いつどこでおりるのか分らない

四人《しにん》の写真を撮ってもらう
67《な》 65《ご》 35 33《み》 ならぶ
〈十月二十八日（土）の日〉

十月三十日（月）

息切れが　ブリ返す日にみなすべて
看護婦さんに〝おんぶにだっこ〟
おきるのも　ねるのもものをとるのにも
トイレ歩きも　かんごふさんに

すてられないから　ほんの少しつかう　ステロイド
吸霧器《ネブライダー》まで登場

十月三十一日（火）

MSへついにおゝわりの電話する
〝賢い子には教えるな〟――の訓

十一月一日（水）

十一月、「酸素」なしでは生きられない
と分かる日か　冬晴れの空

息を吐きつつ　ねるおきる　たつすわる
　これぞ息つぎ方

病床にあると月の変りが　分らない
　風と車のおとも

十一月二日（木）

あさの五時　冷蔵庫より　クリームチーズ
　とクラッカー、まる一月《ひと》か

十一月三日（金）

たのしみは　早くて二年　長くて三年で
死ぬことができるかどうか

十一月四日（土）

たのしみは　ウヰスキーにチーズ
読書に　着想をえたとき

十一月五日（日）

足先の　のびた爪先切ってもらう
女房にはじめてはずかし

十二月六日（月）

気だるくて　何もする気が　おこらない
リハビリのみが　メリハリのハリ

十二月七日（火）

三日越し　ま青の冬の　朝光
小春日和の窓をあける

十二月八日（水）

ただしマドは十五センチしかあかない
とびおりられるかどうか　どう

あつくなって　あつくって　気分がわるくなって
横になって　アイスノン　（十一月七日）

とん汁を　作ってもってきてくれる女房
なんていないぜ　カンドーカンシン

十一月九日（木）

かなしみは　「早く死にたい」と妻のいいしとき
オレも死にたいすぐに

〝死にたい競走〟が始まっている
どちらが先か　ようごろうじよ

十一月十日（金）

やられたぜ！　口福　ミニパンチ・ガツンと
甘じょっぱく、キーンとしょうが　カッパ
のりまきの、カッパ、タクアン、うめにしそ、
こくある甘味のおいなりさん

江戸は　神田の横町の　志乃田の
すしの　甘いもん　すっぱいもん

逸品《いっぴん》、驚（恐）悦至極に存じさふらふ
志乃田寿司なる地味中《ちゅう》の粋

十一月十一日（土）

三十九日入院期間がサンキューなんて
いえない次四球

たのしみは　らむのくる音《おと》　たべものの音
どんな音色か　待っている

赤児のちっこい指が　老人の人差指をにぎる
ぎゅっと　にぎりかえすのだぞ

一家で退院　〝呪《いわ》い〟　帝国ホテルビールに
びっくり　ウオッ!!　のどごし

赤ワイン　またウォッ!!　叫びがまるで
はじめてのんだときのよう

十一月十二日（日）

われは犬、サンソボンベにつながれた
はみがき、トイレ……もチューブつき

十一月十三日（月）

筑前煮、たきこみごはん、おお！料理ができる
「おいしい」とたれかいう

十一月十四日（火）

この世に生れて三十日（蓮斗くん）　赤ん坊は
なぜ指をにぎりかえすのか？　（十一月十一日のこと）

煮干しを水につけおいて　おみおつけを作る
ネギ　じゃがいも　油揚げも

十一月十五日（水）

みそ汁が五臓六腑に沁みわたる
これなんだ、これをずーっと索《もと》めてた

十一月十六日（木）

やりたい放題やってきて　果して、、その報いを
受けている「いま」

料理する、洗濯モノほす、アタリマエの、
少しずつをゆっくりやる

「いのちのスープ」（辰巳）みそ汁がうまい、生きかえる
さつまいも　小松菜も入れる

十一月十七日（金）

〝阿部昭〟を読み返すと　ナントなつかしたのし
うれしよみがえるよう
氷《アイス》ロックを買ってきてくれたんだぜ！女房が、
頼んでもいないのに。

十一月十八日（土）

くそったれ！と自嘲もするが、うんちが
ちゃんとでるのがフンベツうれしい

赤ん坊が　仰向けＭ字に両手をひろげ
〝ぜんぶおねがいね〟と

十一月十九日（日）

六十七、昭和二十五年より満年齢に、
歳も記録もＮＧ

「鳥茶屋」や　鳥肉すきやきうどんすき
ゆば、えび、うずら、カマボコにゆず

まだあるぜ、白菜、春菊、のりふまで……（ハマグリも）
基本はかつおに昆布だし

十一月二十日（月）

「土佐鶴」を　呑んでよろよろ亀のごと
一進一歩　天馬（天魔）＝色《しき》　空《くう》ゆく

十一月二十一日（火）

女房の注文《オーダー》　さんまショーガ煮付ける　少しねかせる
しみこむ味

コーヒー四杯を　フィルターいっぱいいれて、
けれど手許《てもと》くるってまっ逆さまに

＊夜中に他人がドアから入ってくる！脚の間から
他人の頭が　――　夢

「夜目遠目傘の内」――すぐに思い出せなかった
一句、ふとんの中で

十一月二十二日（水）

十日ぶり、シャワーに洗髪　あったためておいてくれた
風呂場ゆえ感謝

十一月二十三日（木）

きのうのカレー　今日とん汁の一汁一菜
Simple is Best　とはかくや

爪を切る　おや指　ひとさし指　なか指　くすり指
こ指の順に

十一月二十四日（金）

ボンベ犬　独居老囚人全包囲網出口なき森
色即是空

十一月二十五日（土）

ヒゲそりも　赤ワインの飲み方も　娘《らむ》がみんな
世話をやいてくれ

十一月二十六日（日）

文章が　肺腑《はいふ》にしみる　阿部昭、病後の酒の
アベキョーカン　（阿鼻叫喚のモジリ）

四十年ぶりに再々々読　阿部昭
時代と人間が生き生きと

十一月二十七日（月）

トイレが近い　トイレが近いよ
夜ねるとねられず　ねてもすぐおきて

十一月二十八日（火）

「志乃田寿司」を前に　一献傾ける
らむよ　酒友に　文句なきなり

十一月二十九日（水）

塩目のシャケと　あったかいごはんがいいね
葉とうがらし煮とごはんも

十一月三十日（木）

すーっと天井から蜘蛛の糸がおりてくる
無礼にもわが眼前に

十二月一日（金）

いつもなら　仕事をしている時なのに
朝から酒気おびかくてありなむ

十二月二日（土）

ゆっくりと　時間をかけて　とん汁を
里芋の　入《い》るみそ味のよき

十二月三日（日）

頻尿だ、頻尿だ……ちょとねたらまた起きて
ちょっとねたらまた起きて

十二月四日（月）

こんぶとかつおで水団子《すいとん》をつくってあっさり
水とんとん

十二月五日（火）

こんぶとかつおに　鳥肉入れて「うめえーッ」
味、こく、極上の「なべ」一つ

『司令の休暇』四十年後の再読は
いささかくどい――いまからすると

十二月六日（水）

カーンと青い冬空のもと
女房わきに　とろとろあゆむ　昼日中

行く先は　一寸亭なり　いつものシューマイ
いつもの水ギョーザを

十二月七日（木）

朝パンにバターにはちみつそえて
ヨーグルトもバナナもみかんも

十二月八日（金）

テーブルと椅子の高さのフシギあり
高からず低からず　この高低

十二月九日（土）

おでんでんでん　いいタネに　こんぶかつおだし汁
あれば言うことなし

十二月十日（日）

らむが来て　おでんとワインで早速酒盛り
なんと!!　焼きサバ寿司も　（十二月九日のこと）

三枚肉（ぶたバラ）としんせんネギとで
とん汁更進（新）　ここもうま味のもと

十二月十一日（月）

毎日が　食べモノのコトだけだから
シソー（詞藻・思想）がなけりゃ
生きてゆけない

十二月十二日（火）

「ぼく」をめぐる友子とクニ子
あっけらかんとこころの病と対比的
（阿部昭『過ぎし楽しき年』一九七八年）

十二月十三日（水）

三十年　あるいは四十年前を想い出す
〝阿部〟がいて文学があった

すぎてしまえばすべて一瞬のごとく
一病息災　一日《いちじつ》無音

十二月十四日（木）

さて　〝今日も一日無事で〟と　紙に書き
悌子出てゆく　私はのこる

十二月十五日（金）

寒い寒い冬の一日なり　寝不足　気怠く
億劫のブレンド日

十二月十六日（土）

煮込んだ牛肉を生卵で食らう――なんて
ステキなスキヤキ（牛鍋）ステーキ

十二月十七日（日）

冬の夜に　集《すだ》く蟲なし　コーン――ただ拍子木の
音のみ聞える

十二月十八日（月）

風を考える　風は自力　人間《ひと》には他力
だから「風に吹かれて」
⇔
風の能動性に対して人間にはついに受動的（性）として
しか現れないこと

十二月十九日（火）

爪を切る　おぼつかぬ手で　爪を切る
ひと指　ひと指の爪を切る

はちみつと　レモンのブレンドにはまってる
　ウヰスキーとユズ果皮にも

十二月二十日（水）

じゃがいも　ニンジン　玉ネギにソーセージを
煮込んだスープ　――ポトフ絶品

十二月二十一日（木）

待つ。身近なことも　向こうのことも待つ。
従容として待つことか。

十二月二十二日（金）

日に日を足す。自分への幻滅《ガックリ》と絶望《アキレ》と
ときに滴のような……

十二月二十三日（土）

足すのでなく日に日に引いてゆくのだ
すでに沙汰あり生老病死

十二月二十四日（日）

色づいた　桜の枯葉が落ちるように
日に日を落してゆくのだ

葉室麟　六十六歳　死に絶句
　真冬に蜩を聞く思い

十二月二十五日（月）

雨が降る　ひと月ぶりに雨が降る
　冬至を迎える　日がのびる

十二月二十六日（火）

らむが来る　病院行きにつきそって
　帰ればおでんで　まいど酒盛り

十二月二十七日（水）

自分の文章に　他人《ひと》の手が入る混乱にめげる

ああせい校正《こうせい》

十二月二十八日（木）

今日も一日無事　一日一生お経のように

となえる悌子

十二月二十九日（金）

「快便よ！」「とん汁のおかげ？」「よかった」

快食快眠そんなにない

十二月三十日（土）

レモン・はちみつ　フシギな味わい　サン味とあま味
おくにコクがあって

十二月三十一日（日）

この一年　急速老いの病人に
浦島太郎だ　空が青い

二〇一八年一月一日（月）

元旦や　赤ワインとああ校正

去年今年《こぞ》　らむのおかげで日をつなぎ
生きのびてある澄んだ悲しみ

一月二日（火）

トイレに行くのは大仕事
料理も歌も　はてさて分りかね

「私」の事件簿十項目　歌丸同様
入退院三回

一月四日（水）

天上の　青がつづく　椅子に坐る
日がつづく　世の中はうごく

一月五日（金）

ケンカして　やさしくなれる　老夫婦
いまさら気づかいも　ないもんだ
フトッた！　ほんの少しホホにニク、ニクまれて
イイモノ食べて　何もせず

一月六日（土）

うんちが出ないと世界がヘン
ドアを開けて冬陽の光をまねく

一月七日（日）

やさいジュースをのんでいる　腸もびっくり
うんちがでてるぜ　うんちがでる

一月八日（月）

ひと回り　校正をおえふと思う
長篇は二度と書けまい

一月九日（火）

「未読のあなたへの手紙」として
阿部昭について書いてみたい

一月十日（水）

夜中に目をあける　何度も何度もあける
でも朝はまだあけない

一月十一日（木）

霊性《インスピレーション》の文学哲学芸術を求めた
小林秀雄ひとり

一月十二日（金）

賞味期限切れのわさび漬け、卵、豆腐……

何より己《うぬ》が人生が

一月十三日（土）

悌子よ　少しは休め！ムリするな

ぼおーッとする「時」が必要なんだ。

一月十四日（日）

「書く」ことがやはり考えをふかめる瞬間を

もつ生きる喜びも

一月十五日（月）

しのだずし　ああしのだずし　しのだずし
甘塩辛酸苦《あまからからさんにが》甘じょっぱい
たくあんきゅうりに　うめしそ　かんぴょう
たまごそぼろ甘辛いなり

一月十六日（火）

アタリマエがアタリマエでないことを知る
はじめての　ハイ・アンド・ロウ（老）

一月十七日（水）

一病が食うもの　飲むもの　身体を変える
アタリマエをも変える

一月十八日（木）

早くねるくせ　七時にも。ことばうずまく
長い夜から遠い朝

一月十九日（金）

仰向けにねる背骨が痛い　背に腹は代えられない
ヤセギスの痛《イタッ》

一月二十日（土）

手帖がちっとも手帖らしくない
うんち出た・出ない　だけではウンの尽き

一月二十一日（日）

さばみそ煮、いいねいいね　ショーガの味しみ
ごはんがすすむよ　悌子さん

一月二十二日（月）

女房以外の一体たれが　夫《おっと》の足の爪など
切ってくれようぞや

一月二十三日（火）

雪がふる。おお、とめどなく雪がふる。
すぎし年にも雪降りし時

一月二十四日（水）

N氏の自殺に　オドロキとともにナットクがゆく
問われている　とも　――（西部邁、七十八歳）

一月二十五日（木）

「うんち出た？」
かくにんし合う老夫婦
「出た」「出ない」「出た」「出ない」
おおごえ

一月二十六日（金）

そのかおり　寝床にとどく　牡蠣の土手鍋
海のミルク煮

一月二十七日（土）

冬はナベ　豚キムチナベ　からいナベ
ニラも入ったあったかいナベ

一月二十八日（日）

天井を　仰いでいるとてんどんがなぜ天井
なのか気になって

一月二十九日（月）

「世の中は食べて糞して寝てさめて」
われは実践本部長なり

一月三十日（火）

なぜかしら　洋花を買って華やかに
娘ごの笑みをたたえる老女《つま》
（アリストロメディア、スイートピー）

一月三十一日（水）

イラついて　こっちの何かに当りチラす老女《つま》
われ「生きててスイマセン！」

二月一日（木）

悌子Ｂ・Ｄ　六十六歳　生きも生きたり
四十二年もタカシといたの？

二月二日（金）

シャワーあび、ふいてもらい、パンツもねまきも
着せてもらいひとりじゃできない

二月三日（土）

再校を終えた「すべき」ことはなくなった
あとは死ぬだけ　はいさいなら

二月四日（日）

はじめポロポロ　のち少し　せきをこえて
ドトウのごとくそうしてポロリ

二月五日（月）

ザワワザザワザワがだんだんに増長するもの
いかにして死ねるか

二月六日（火）

冬の夕方　今日も暮れゆく　午後三時
ひとり台所　机にて

二月七日（水）

息が切れる　息がもたない　少しの動作で
息が切れる　ダメだこりゃあ

二月八日（木）

何もしない　何《なん》もできない哀しみに
一本棒引くと　衰えに

二月九日（金）

老妻《つま》アメとムチのアテツケグチが
「肺腑をえぐる」「はいその通りです」

二月十日（土）

一つ動作でイスに坐る　一つ動作で
イスに坐る　一つ動作で

花びらが　開いてもの申す　「沈黙」も
ことばです「よくみて、とくと」

二月十一日（日）

梅が枝八つ花一輪　ピンクの五弁
小梅玉　いっぱいの春

二月十二日（月）

二月十日（日）　石牟礼さんが死んだ　享年九十である

ごくろうさまです

二月十三日（火）

あんりあかりをくれる　大中小の白白赤を

二月十四日（水）

何もしない　何もできない　何もしたくない

坐っているのもねてるのも

二月十五日（木）

六つも梅がまっ赤に色づく　生きている
オレは生きていない　ちっとも

二月十六日（金）

しのだすしたべた　缶ビール二本ものんだ
ウヰスキーもお茶もさゆも

二月十七日（土）

ごくろうさまごくろうさまごくろうさま
何もできない　何もできなく

二月十八日（日）

ぶり、中トロ、たい――の三つさしみ
「うまくない?!」　おいしいねェのこと　〈二月十七日
らむの来た日〉

二月二十四日（土）死去

〝たのしみ〟シリーズ（福井の歌人、橘曙覧『独楽吟』にならって）

たのしみは　みんなねている朝早く
熱いコーヒー、チーズ、クラッカー

たのしみは、病床にたれがくるのか
　らむかやすこか電話か〒

たのしみは　三年かけし原稿が
　本になること　売れること（！）

たのしみは　早くて二年長くて三年で
　死ぬことできることのみ

たのしみは　みんなが願わないこと
生老病死、　生者必衰、

たのしみは　一日一首　歌のうたえる
ユーモアシニカルさらによし

たのしみは　ウヰスキーにチーズ
読書で着想をえたとき

たのしみは　教え子の美しい十八娘《こ》たちを
想い出す　冬日のように

病床吟集——番外篇

二〇一六年三月二十八日—四月八日

ボタンかけ、ツメを切るのも　出来ぬこと
ましてゴハンを　ハシにてつかむ

しびれびれ　手さき手のひら　足さきも
見た目はどこも　何でもないのに

頸《くび》のおく　骨のなかなる　神経が
窮屈やと　叫んでいるらし

病院に　来なくていいのに　いそいそと
来るは来ぬより　変のありけり

毎夕に　とどく桜の　花びら二つ
ティッシュにつつんで　本にはさんで

世の中の　ベルトより落ちし　病み人の
魂《たま》のぬけたる　我鬼のごときか

ひとり出て　またひとり入って　減り減らず
どど　ど三人　病床《ベッド》を埋める

役立たず　病むばかりなる　棄民ゆえ
「ありがと」「ありがと」「すいませんねぇ」

食う寝るも　起きる糞する　立ち歩く
介護びとなく　生きられもせず

ひとり生まれ　ひとり死に行く　世の宿業《ならい》
他人《ひと》なしに　生くるにあらず

＊

やあきょうも　すてきな一日　来《こ》ん来《こ》んと
あらんかぎりは　たかしとぞ思ふ　（４／６）
（やすこ、あんり、らむ、たかしの折句）

第2部

二人日和

——深谷考のこと

深谷悌子

苦楽を共に四十二年　夫見送る　如月の宵《よい》

生涯でわずか九冊の書籍しか書けなかったが、夫が評論を書くと対象の作家（阿部昭、洲之内徹、三浦哲郎、車谷長吉）が亡くなるというジンクスに似たものがあった。今回『野呂邦暢、風土のヴィジョン』を書いて、著者本人が死んだら話にもならない」と言っていたが、そのとおりになってしまった。野呂邦暢は一九八〇年に亡くなっているが。

逝く早春　夫の遺愛　著書なりき
又著書こそ我が墓標なりとも

最期はあまりにもあっけなかった。二〇一八年、最後の入院をした翌二月二十一日、「土曜日二十四日、さくら寿司〔ひいきにして通っていた立ち食い寿司〕買ってきて、缶コーヒーの空いた缶にウイスキー入れて持ってきて」と言って、どこまで不謹慎なのかと周囲に思わせた。

土曜日ね、おすしかってきて食べようと言った　もちんお酒もね

医師は、もう知っていたことだが。しかし、二十三日金曜日に急変し、二十四日夕方には、あご呼吸に変わった。あご呼吸は死が近いことを知らせるサインだとか。

いまは病院に入るとなかなか死ねない時代。むしろ、早く死ねてよかったんじゃないか。苦しみ苦しみ生きているのもかわいそうだし、と思った。もちろん、延命治療もお断わりした。

近くの病院に清瀬の東京病院を紹介されたのが二〇一七年一月。都内には大病院がたくさんあるが、清瀬はその名のとおりに空気がきれいなところだったのかもしれない。病院までのバス通り、病院の名前ばかり、広い広いところに大病院が立つ。夫の最期の病室からは、秩父の山まで臨めた。そこに入院すること四回、三度目ならぬ四度目の正直。

二〇一八年二月二十四日土曜日、「午後七時十分、死亡を確認しました」と当直医がおっしゃった。夫、深谷考の六十七年の人生が幕を閉じた。

花は咲いて散りゆく世のならい、人生もまたしかり。

西の空に　夕日が沈む　沈みきったところで　The End

二〇一七年三月から一年、毎日歌ってきたものを今回まとめることにした。歌にもあるように、葬儀墓無用とあり、遺族は火葬だけおこない、海に散骨することに決めた。霊安室に移された夫に焼香し、出ると待っていたのは葬儀屋。こちらが驚くまもなく丁重にお断りした。

火葬された遺骨は、五月十九日に三十年くらい前まで毎年のように家族で夏休みに訪ねた静岡県伊東の海。当日は、初夏というよりも夏に近い暑い日だった。天気予報では雨ということだったが、晴れた日差しが海を照らしていた。

たしか、二〇一七年、一八年と安い旅行会社で海外に行った人が海外旅行から帰れなくなったり、成人式の日の晴れ着が着られなかったりしたことが報道されたが、業者を選ぶのもむずかしい時代。散骨業者の選択も同様で、散骨は一回きりだからとずいぶんと心配したが、とても誠実な業者で杞憂に終わった。

五月十九日午前十一時五分、晴れ、風が少し強く、波も高かったが、伊東から七百メートル沖合、手石島近く、北緯三四度五九分、東経一三九度八分に撒いた。

海に時く　遺骨は自然に還れども　魂はいつも家族のそばに

どこかの本に書いてあったが、「金槌〔泳げない人〕が散骨されたら、浮かばれないね」。笑い話にも似たものがあったけれど、夫もそれに近い。でもよく考えてみると、あの世も、人間関係のしがらみはこの世と大して変わらないのではないか、そう思うと、いっそ浮かばれないほうがいいのかもしれないと考えたりもした。それに最後の入院をした二月二十日頃、肺は酸素よりも二酸化炭素のほうが多く、海で溺れている状態だとドクターが言っていた。そんな苦しみを思うと、すっかり沈んでしまったほうが楽だったと思う。

夫は、生涯無名で三流、しがない文筆家だった。火葬後、死去したことを知人友人に知らせたところ、生前、敬愛していた評論家の川本三郎氏から、「いつも好きな作家を選んで愛情を込めて書き続けてきた。敬意を表します。また、著書こそ我が墓標といいます」という温かい言葉をいただいた。私たち遺された者の唯一の慰めであり救いだが、夫にはどんな言葉にも勝るうれしい一言だったにちがいない。

また、本書をまとめるにあたって、夫と私が知り合った絵画教室の小田正人画伯にお願いして装画をいただいた。小田先生は現在八十二歳、毎年ヨーロッパに取材に出かけ、春には個展もしておられる。

また、『野呂邦暢、風土のヴィジョン』刊行後、夫がこれを書くために読んでいた文遊社の「野呂邦暢小説集成」全九巻が完結したという記事が六月二十八日付の「東京新聞」夕刊文化欄に載り、そのなかに、全巻の編集に携わってこられた中野章子氏のことがあったので、夫の著書を差し上げたところ、心温まるご丁寧なお手紙をいただいた。夫が死してもなお、こうして読者が増えるのはありがたいことである。改めてお礼を申し上げる。

夫が酸素ボンベでつながれて以来、自由に外出ができなくなり、二〇一八年に入って、道端の草花や近くの祠の水仙や農家の庭先に咲く梅の花も見られないために、一月三十日に買い物に出たとき、花を買ってきた。

一月三十日（火）快晴
今日は久しぶりの休み。立春を二、三日後に控え、よく晴れた朝、ゆっくり起床し、朝食の用意をする。ハムエッグ、サラダ、コーヒー、はちみつレモン、ヨーグルト、パン。夫が嬉しそうに起きてくる。今日は一日機嫌よく過ごそうと決意した。一緒にTBSラジオ『森本毅郎スタンバイ』を聞きながら朝食、その後、洗濯やら布団干しをすませ、十時すぎ、銀行や買い物などに私は出かけた。夫はいよいよ最後の校正に余念がない。

「一時間ほどで帰ってくるから」

「ああ」

農家の庭先に置いてある無人スタンドで、ブロッコリーやじゃが芋を買い、スーパーに行く。カキの大きいのがあり、そうだ、カキのクリームシチューにしようと求めた。少し栄養もつけてあげなければ、とも思って。

駅前まで来ると、花屋の店先には春の花が。春の日差しと花に溢れて思わず買ってしまう。帰宅後、花を見た夫、驚く。

我が家にも　春間近なり　花々が
テーブルの上に　おすましてる

お昼は久しぶりにベシャメルソースを作り、カキのクリームシチューを作った。おいしいね、思わず笑みがこぼれる。私も嬉しかった。午後は窓いっぱいの光のなかで、コーヒーを淹れてゆっくりすごす。

老後はこうして、と思いけるも、一カ月もたたないうちにあの世へ行ってしまうとは。

――ああ無情。

今日一日　のんびりゆっくり時間すぎ
静かなくらし　幸せすぎる

花買って　テーブル華やか
二人して　コーヒーのむとき　何にもまさる

「友がみなわれよりえらく見ゆる日よ　花を買ひ来て　妻としたしむ」と詠んだのはたしか石川啄木だったが、アリストロメリア、悌子呼んで、そばかす美人、トルコキキョウ、バラ、紫陽花など、いまはオリエンタル百合が、テーブルと夫の遺影の横を飾っている。

夫は、日常のささいなことにいつも興味をもっていた。

銀座の居酒屋で食べた鳥豆腐が「うまかった」と言っては家で作ってみたりした。

晩秋、黄金色に染まった銀杏をじっと眺めているので「どうしたの？」と聞くと、三浦哲郎の本に「一度に散る」と書いてあったから、確かめている」と言ったりした（実際には一度には散らなかったが）。

家の下二百メートルほど先に流れる黒目川に毎年、飛来してくるユリカモメをじっと見ていたり……。駅までの道五百メートルくらい先の祠に初夏咲く花を、橋口五葉展でアフリカンリリーと知ったときの喜びようといったらなかった。

それはそれは、小さな好奇心の目を持っていた。

日々の暮らしに寄り添うまなざしをもっていた永遠の少年

夫が教えていた美少女の小論文をみていたとき、それは外山滋比古の文章だったらしいが、「外山滋比古の文章読んだことある？」と聞いたら「人間の頭は倉庫じゃだめ、工場でなければ」という言葉が返ってきて、夫も初めて聞いたらしくびっくり。そしてまた別の日、帰国子女（この人も美少女）に英訳してもらったら、
“Mind has to be factory, Not garage”
と教えてくれたとか。頭はHeadではなくMindと訳すとも。
それ以来、わたしたち家族の者にもよくこの言葉を言って聞かせた。
食べること、飲むこと、そして歩くこと、冬陽のように人を恋うこと、付け加えて、読むこ

と、書くこと、教えること——これが夫の人生のすべてだったといえるだろう。また、こびず、群れず、おもねらず、無私無欲に近く、決して多くはない。否、ほんの少しの人に愛されて幸せだったと思う。

きょうもまた深夜隣の書斎で、次に書く予定だった安岡章太郎の作品を読み込んでいるような気がする。

あの世でも、書を読み耽り、酒を飲み、
次に書くこと考えにけり

〝たのしみ〟シリーズ（福井の歌人、橘曙覧『独楽吟』にならって）

たのしみは　夫と二人　窓の向こうを見ながら
　コーヒー飲むとき

たのしみは　夫の作りし生姜焼き　疲れて帰宅し　食する時

たのしみは、二人で出かける一寸亭　ラーメンわけて食する時

きのこナベ、かおり一番、味二番、
　しいたけ　えのき　まいたけ　しめじ
（えりんぎも入り　雪国の味）

二人日和　過ぎし日は　光の中にあったと思う　今日この頃
死しても尚　夫思う人ありて　妻の私も　幸せ思う
アトリエに　油彩のにおい漂って　昔日の夫　思い出す
二人日和　在りし日の余韻に浸る日々
さまざまなことを思う　秋の夜長

あとがき

深谷悌子

人は死期を感じ取ったとき、どうするのだろうか。それを端的に表したのが、黒沢明監督、志村喬主演、『生きる』（東宝、一九五二年）ではないだろうか。

言葉を紡いできた夫・深谷考は、『野呂邦暢、風土のヴィジョン』（青弓社、二〇一八年）を完成させること（二月二十八日発行）と一日一首を詠むことだった。その一日一首をまとめた。

夫が書いたものも、いよいよこれが最後だが、掉尾は夫が最初著した阿部昭論の阿部昭のことば、これ以外にないだろう。

さよならだ　永かったかったつきあいも　これでさよならだ
ボクはいちばん古い　友達をなくした
（阿部昭『大いなる日』〔講談社文庫〕、講談社、一九七二年）

今回も青弓社の矢野恵二さんのお世話になった。厚くお礼を申し上げる。

二〇一八年十一月十九日、夫の誕生日に

［著者略歴］
深谷 考（ふかや・こう）
1950年、茨城県結城市生まれ、2018年、没
文筆家
著書一覧：
『野呂邦暢、風土のヴィジョン』（2018年）
『車谷長吉を読む』（2014年）
『三浦哲郎、内なる楕円』（2011年）
『滝田ゆう奇譚』（2006年）
『幸田文のかたみ』（2002年）
『洲之内徹という男』（1998年）
『阿部昭の〈時間〉』（1994年）
『海辺の人間――阿部昭論』（1991年）
『小さなモザイク』（1987年）（いずれも青弓社）

深谷悌子（ふかや・やすこ）
1952年、高知県生まれ

レクイエム

発行………2019年2月24日　第1刷
定価………2000円＋税
著者………深谷 考／深谷悌子
発行者……矢野恵二
発行所……株式会社青弓社
〒162-0801 東京都新宿区山吹町337
電話 03-3268-0381（代）
http://www.seikyusha.co.jp
印刷所……三松堂
製本所……三松堂

ISBN978-4-7872-9249-0　C0095